毛茸茸

村上春樹·文　　安西水丸·繪　　劉子倩·譯

ふわふわ

世界上的貓咪我大致都喜歡，但在地球上
的各種貓咪當中，我最喜歡上了年紀的大
母貓。

在那種彷彿長期未使用的寬敞浴室，非常寂靜悠緩的午後，當那隻貓臥在陽光燦爛的簷廊睡午覺時，我喜歡躺在旁邊發呆。

我會閉上眼，清空腦中所有思緒，彷彿自己也化為貓咪的一部分，聞著貓毛的味道。

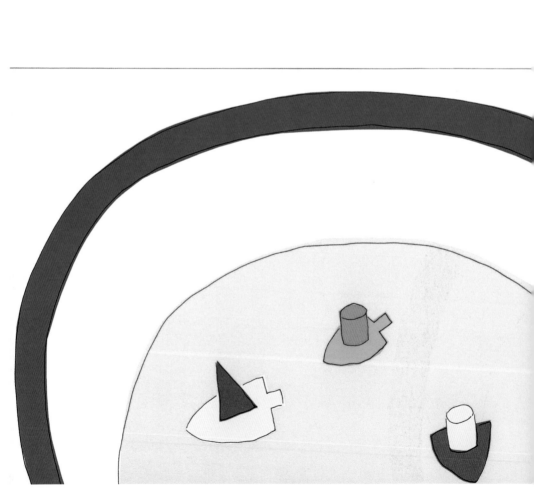

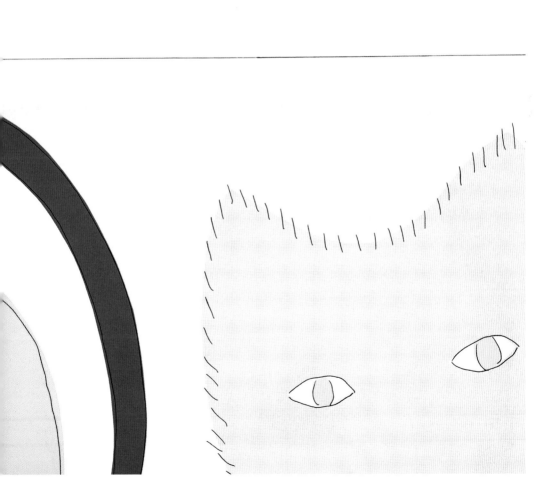

貓毛徹底吸收太陽的溫暖，讓我明白生命這種東西（我猜是）最美的部分。它讓我發現，當無數生命的美集合在一起，又構成這個世界的某一部分。

這個空間有的，想必也存在別的空間。我可以感覺到。將來，很久很久以後，我大概會在別的地方（某個出乎意料的地方）發現它吧。

「真是的，原來在這裡啊。」這樣。

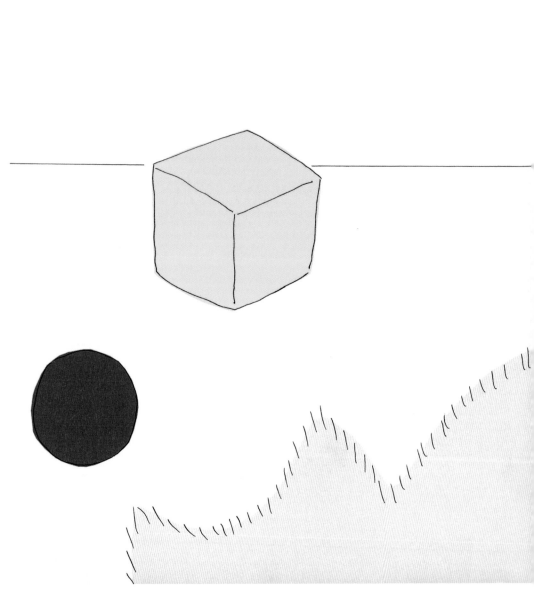

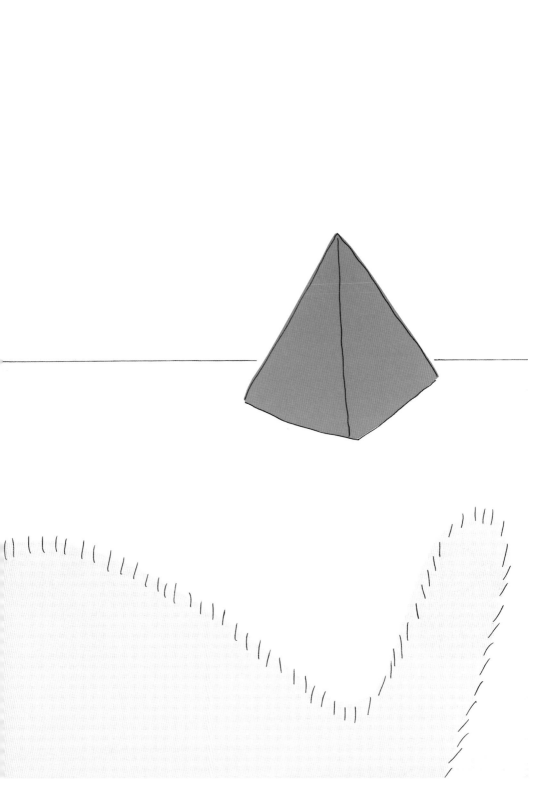

我很喜歡朝那毛茸茸的柔軟皮毛伸出手，用相同的力道輕輕撫摸粗脖子的後面，以及冰涼的圓耳朵旁，聽貓咪開始呼嚕呼嚕叫。

那種呼嚕聲，就像自遠方漸漸走來的樂隊，聲音越來越大。一點一滴，漸漸變大。

把耳朵緊貼貓咪的身體，那彷彿夏末的海濤聲，轟隆隆響起。貓咪柔軟的肚子，隨著呼吸拱起，沉落，拱起，沉落。就像剛剛形成的地球。

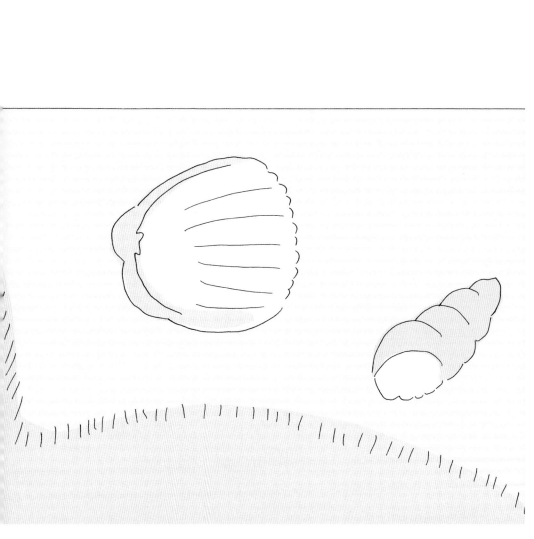

還是小小孩的我，與那隻老貓，

在體型上（或想法上）並沒有太大的不同。

或許甚至可以說幾乎一樣。

我們兩個抱成一團，就像分不開的泥漿，
靜靜在那裡打滾。

沒有人說任何話。世界好像只有我們。

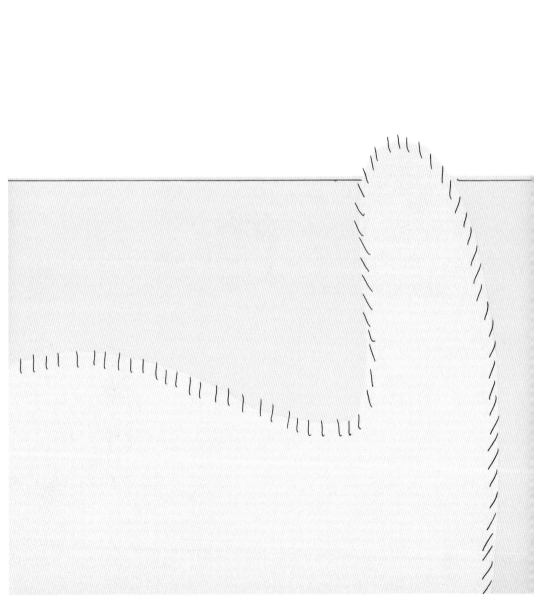

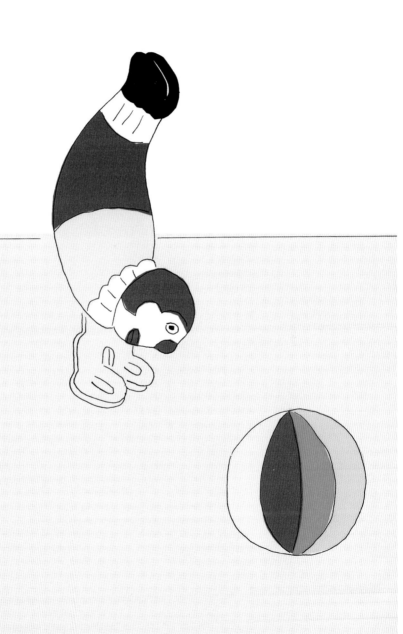

這樣的午後，迥異於我們這個世界，運行著另一種特別的時間，在貓咪的體內悄悄走過。還是小孩子的我，細小的手指可以從貓毛中感到那種時間的流動方式。

貓咪的時間，彷彿一群懷著重大秘密的細長銀魚，或者，就像時刻表上沒有記載的幽靈列車，從貓咪的深處、以貓咪的形狀，溫暖而黑暗地悄悄鑽過。

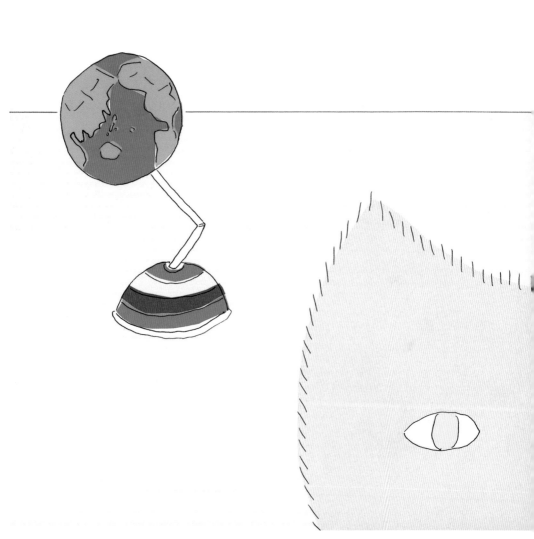

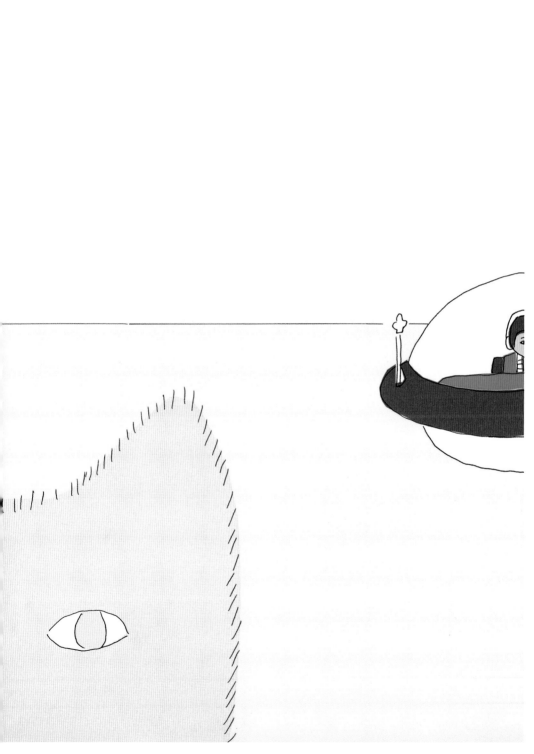

我配合貓咪的呼吸，

緩緩吸氣，再慢慢吐出那口氣。

很安靜很安靜 ——

小心不讓周遭的任何人發現。

幸好貓咪的時間還不知道它已被我發現。

我喜歡那樣。貓咪在那裡。
可我有時在，有時不在。

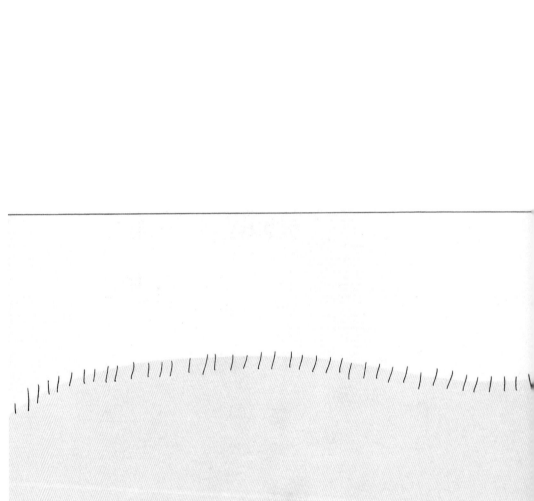

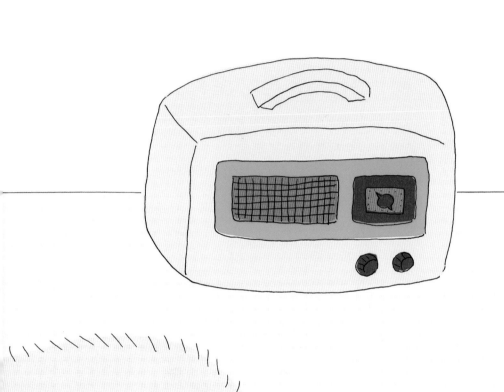

貓咪像要遞上甚麼東西那樣將兩隻前腳併攏，大大的三角形下巴放在前腳上，溫馴地閉著眼。長長的白鬍鬚，不時想起甚麼似的微微抖動。院子角落白色和粉紅色的波斯菊團團綻放，所以季節肯定是秋天。

不知從哪兒遠遠傳來幽微的音樂。是遙遠的鋼琴聲。

天空的微雲迤邐。有人出聲呼喚某人。波斯菊，和那幽微的音樂，以及許多世界的回響，伴隨貓咪的時間共存。

我和貓咪，透過無人知曉的貓咪的時間，結為一體。

我喜歡那樣的貓。上了年紀的，大母貓。

和那隻貓一起生活，是在我剛上小學時，大約六、七歲吧。貓咪的名字叫做「緞通」。所謂的「緞通」，是一種中國的高級絨毯。

貓咪身上的毛很茂密，很蓬鬆，花紋異常美麗，所以爸爸才會給她取這種怪名字。

我以前甚至沒聽說過那種名詞。

緞通是一隻乖巧聰明的貓。

就算桌上放了魚，就算她肚子再怎麼餓，除非放到自己專用的盤子，否則她絕不會碰。

那樣的貓 ── 不，甚至說是人也行吧 ── 實在不多。

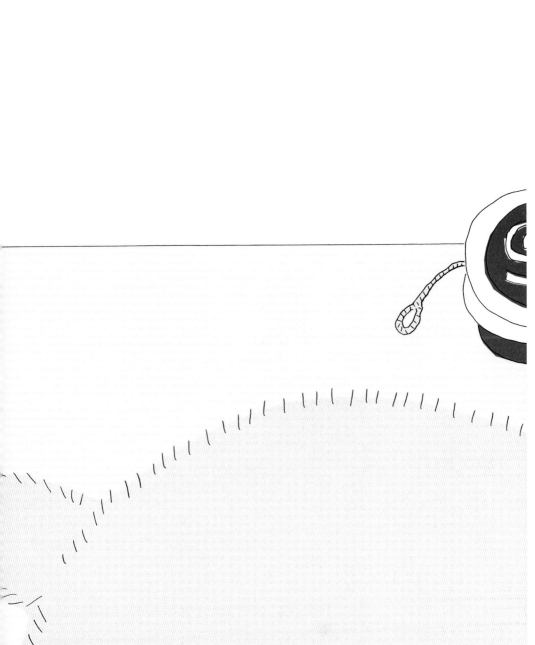

那隻貓在很老之後，因為某些原因，來到我家。

被我家收養後，她曾二度回到步行需要一小時以上的舊主人（留著小鬍子的醫生）家。

早上，忽然發現貓咪不見了。

她是怎麼記住那條路的，誰也不知道。

因為當初她是被裝在箱子裡，綁在腳踏車後座送來我家。

可是貓咪沒有迷路，正確回到了舊家。

途中要越過兩個平交道，越過一條河。

所以，就像我前面也提過的，這是一隻聰明的貓。

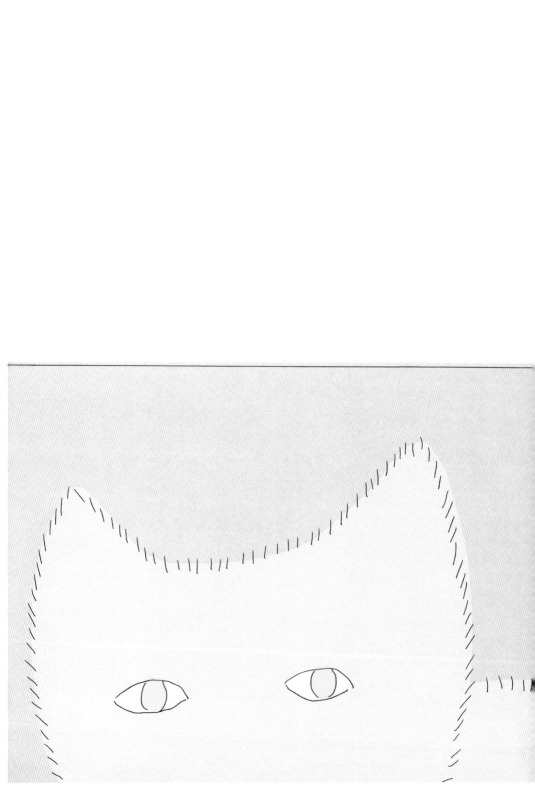

但是到了第二次，同樣把她裝在腳踏車後座帶回我家時，貓咪好像終於醒悟「這裡就是自己的新家了」。

從此，她再也不曾離開。她安心待在我家，有了「緞通」這個不太像貓的怪名字，成為我的好朋友。

我沒有兄弟姊妹，所以放學回來後，總是和那隻貓一起玩。我從貓身上學到很多事，那是對所有生物同樣重要的事 —— 比方說，幸福是溫暖柔軟的，不管去哪裡，這點都不會改變。

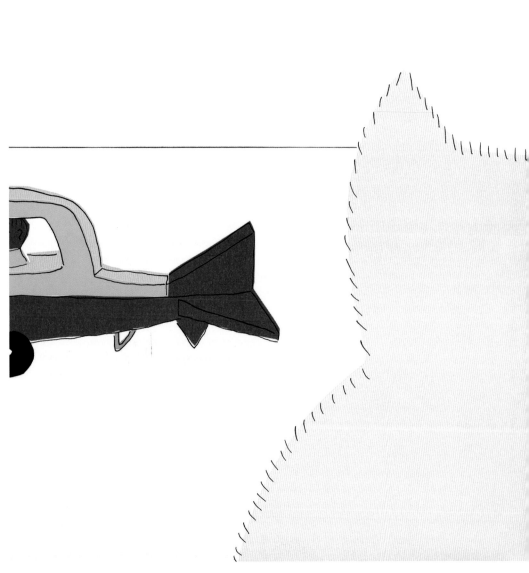

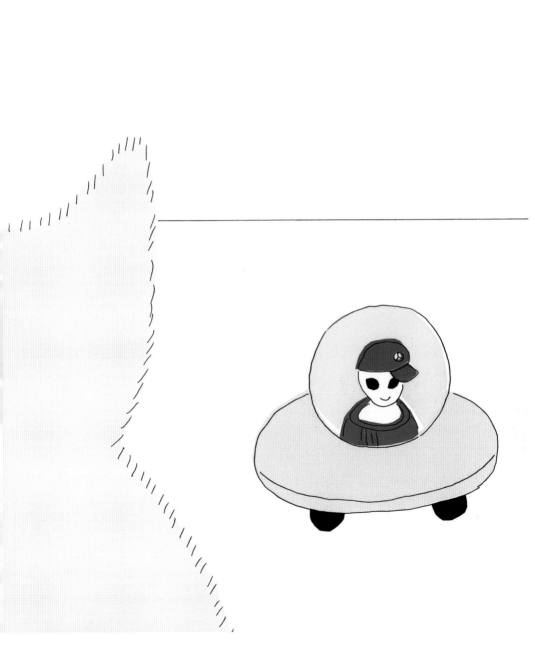

那隻貓擁有一身柔軟蓬鬆的美麗皮毛。吸收了很久以前（而且現在也同樣高掛在天空的）太陽的溫暖氣息，閃閃動人發出耀眼光芒。

我用指尖沿著貓身上錯綜複雜的花紋地圖，上溯剛形成的記憶河流，橫越一望無垠的生命原野。

因此，到了今天也一樣，在這世界上所有的貓咪當中，不管別人怎麼說，我還是最喜歡上了年紀的大母貓。

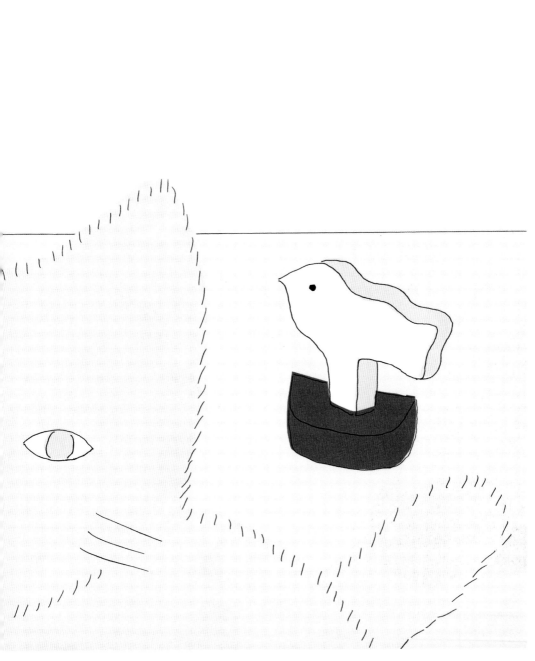

毛茸茸／村上春樹 著；安西水丸 繪；
-- 初版 . -- 臺北市：時報文化 , 2018.02
48 面；14.8×21 公分 . --（大人國 叢書：003）
ISBN 978-957-13-7303-4（精裝）
1. 繪本　2. 短篇

大人國 叢書 003

毛茸茸

作者－村上春樹。繪者－安西水丸。譯者－劉子倩。主編－Chienwei Wang。審訂－盧慧心。企劃編輯－
Guo Pei-Ling。美術設計－平面室。總編輯－余宜芳。董事長－趙政岷。出版者－時報文化出版企業
股份有限公司／(108019)台北市和平西路三段 240 號 3 樓／發行專線－(02)2306-6842／讀者服
務專線－0800-231-705・(02)2304-7103／讀者服務傳真－(02)2304-6858／郵撥－19344724 時報
文化出版公司／信箱－10899 臺北華江橋郵局第 99 信箱／時報悅讀網－http://www.readingtimes.
com.tw。法律顧問－理律法律事務所 陳長文律師、李念祖律師。印刷－勁達印刷有限公司。初版一
刷－2018 年 2 月 9 日。初版二刷－ 2022 年 10 月 14 日。定價－新台幣 280 元。

ISBN 978-957-13-7303-4
PRINTED IN TAIWAN

時報文化出版公司成立於一九七五年，並於一九九九年股票上櫃公開發行，
於二〇〇八年脫離中時集團非屬旺中。以「尊重智慧與創意的文化事業」為信念。

FUWA FUWA

Text by Haruki Murakami
Illustration by Mizumaru Anzai
Copyright © 1998 by Haruki Murakami, Anzai Mizumaru Jimusho
All rights reserved.
Originally published in Japan by Kodansha Ltd.
Chinese (in complex character only) translation rights arranged with Haruki Murakami,
Anzai Mizumaru Jimusho, Japan
through THE SAKAI AGENCY and BARDON-CHINESE MEDIA AGENCY.